Collection

Paroles de Conteurs

"On ne demande pas plus le prix

d'un cadeau que la véracité d'un conte."

Précepte chinois

Collection "Paroles de conteurs" dirigée par Ilona Zanko

Dans la même collection

Malice et l'âne qui chie de l'or et autres contes d'Haïti
Mimi Barthélémy

L'ogre gentleman et autres contes
Praline Gay Para

L'enfant sans nom
Philippe Raulet

Ces contes ont été mis en pages
par Agathe Descotes-Genon

Direction artistique et couverture
Gérard Lo Monaco

Jean-Louis Le Craver

Le taël d'argent et autres contes

Illustrations Rémi Saillard

SYROS

Note de l'éditeur

En choisissant de publier des contes plutôt comme on les dit que comme on les écrit, nous avons porté tous nos soins à la mise en page de chaque recueil. Le souffle, l'intensité, le rythme, le poids d'émotion de chaque mot sont soulignés par le choix des typographies.

Mais attention ! Il n'y a pas de mode d'emploi ou de texte « prêt à dire », c'est une interprétation parmi d'autres. Nous jouons avec la taille des caractères, les graisses, les blancs, pour créer des silences, des ruptures, suggérer un rythme, imager le texte... Le gras, par exemple, peut-être là simplement pour souligner un mot ou une formule, il n'est pas forcément à lire très fort par l'enfant ou à dire avec emphase par le conteur.

Avant la séance

Où le conteur va-t-il chercher ses histoires ? Dans la parole des autres, dans les livres et aussi, à l'occasion, dans sa propre imagination. Ainsi, sur les cinq histoires qui vont suivre, trois ont été prises dans des recueils pour réapparaître dans celui-ci. Entre-temps elles auront pris l'air et changé de costume.

Pour qu'un conteur ajoute une histoire à son répertoire, il faut bien sûr qu'elle lui plaise, mais il faut aussi qu'il ait le sentiment que, comme la belle endormie du conte, elle l'attendait secrètement. La rencontre ayant eu lieu, il ne va pas l'apprendre comme un perroquet, cette histoire. Il va la ruminer, la tourner, la retourner dans sa tête et l'habiller sur mesure de ses paroles à lui. Agissant de la sorte, le conteur a même le culot de croire que, en même temps qu'il se met à l'aise avec elle, l'histoire se bonifie. Excusez-le, ou plutôt excusez-moi, car je ne fais pas autrement, moi qui vous parle. C'est d'ailleurs de cet ajustement, de cette remise en paroles dont je m'autorise pour signer les histoires.

Peut-être vous semblera-t-il, à travers le choix des mots, des tours de phrase, de la ponctuation pas toujours classique, entendre une voix. Si c'était le cas, on est prié de ne pas s'en étonner car nous avons voulu des contes plutôt comme on les dit que comme on les écrit. Que le lecteur soit donc "bon entendeur"... et salut à lui !

Jean-Louis Le Craver

Les quatre bonshommes

Plus vous direz, plus vous mentirez
On n'est pas là pour dire la vérité
Tant que t'es pas tombé dans la poussière
T'as pas besoin de t'épousseter
Tant que t'es pas tombé dans la crotte
T'as pas besoin de te décrotter.

Ce matin, dans la rue, j'ai vu quatre bonshommes :
le premier il était aveugle ; le deuxième, il était manchot ;
le troisième, il était cul-de-jatte et le quatrième...
Ah ! le quatrième, il y voyait clair, lui !
il avait deux bras, il avait deux jambes,
il avait tout ce qu'il faut là où il faut, mais il était tout nu.

Tout d'un coup, celui qui était aveugle, il a dit :

**– Eh les gars ! regardez là-haut,
y a une cigogne !**

Celui qui était manchot, il a pris son lance-pierres et tac ! il a descendu la cigogne. Alors celui qui était cul-de-jatte, il a couru, il a ramassé la cigogne, il l'a donnée à celui qui était tout nu et celui qui était tout nu, il l'a mise dans sa poche.

Nicolette
et le trésor
du sorcier Paturon

Il était une fois un jardinier qui était très content. Il était très content parce qu'il avait dans son jardin un poirier. Un beau poirier qui lui donnait, tous les ans, quatre pleins paniers de poires. Tous les ans, tous les ans !... sauf l'année de l'histoire.

Oui, cette année-là, son poirier ne lui a donné que trois paniers et demi de poires. Et ça, c'était embarrassant pour le jardinier, parce que les impôts qu'il devait payer au roi, c'était, chaque année, quatre pleins paniers de poires. Quatre ! et pas trois et demi. **Comment faire ?**

Le jardinier a réfléchi, il a cherché dans sa tête et en cherchant dans sa tête il a trouvé **une idée.** Il est allé, sans faire de bruit, dans la chambre où dormaient ses enfants, il a pris dans ses mains, sans la réveiller, la plus petite de ses filles, **il l'a déposée au fond du quatrième panier** puis il l'a recouverte avec des poires.

Après quoi le jardinier a pris deux paniers dans chaque main et il est allé porter le tout aux serviteurs du garde-manger royal. Les serviteurs du garde-manger royal ont reçu les quatre paniers, ont vu qu'ils étaient pleins, ils ont écrit le nom du jardinier sur un gros livre et ils ont dit :

– Tu as payé tes impôts pour l'année, c'est bien, maintenant tu peux rentrer chez toi.

Et le jardinier est rentré chez lui. Les serviteurs du garde-manger royal ont pris les quatre paniers, les ont mis dans un grand placard, ont fermé la porte grillagée du placard avec un gros cadenas et puis ils sont allés à leurs affaires.

Oui, mais bientôt **la petite fille s'est réveillée,** elle s'est demandé pourquoi elle était là, puis elle a commencé à trouver le temps long et, comme elle n'avait rien d'autre à se mettre sous la dent, **elle s'est mise à grignoter les poires.**

Si bien que le lendemain, les serviteurs du garde-manger royal se sont aperçus que les poires du roi étaient attaquées **et même que certaines n'étaient plus que des trognons.** Alors ils se sont dit :

– Certainement il doit y avoir un rat ou un loir qui est entré dans le garde-manger du roi. Il va falloir qu'on regarde ça de plus près.

Ils ont ôté le cadenas, ouvert la porte grillagée du placard, sorti les quatre paniers et voilà qu'en y regardant de plus près, au fond du quatrième panier,
ils ont trouvé la petite fille.

– Ben dis donc, toi !
Qu'est-ce que tu fais là ?
Et d'abord qui es-tu ?

– Bonjour messieurs, ben moi je m'appelle Nicolette. Ce que je fais là, je n'en sais rien : je me suis endormie dans mon lit et puis je me suis réveillée dans le placard et sous les poires.

– Oh ! c'est pas ordinaire ton histoire ! En tout cas, si tu ne veux pas que le roi apprenne que tu lui as mangé ses poires, tu viendras travailler avec nous dans les cuisines.

– Ah ! mais je veux bien, moi, travailler dans les cuisines, a dit Nicolette, **parce que déjà à la maison...**

– Bon, alors suis-nous.

Et c'est comme ça que Nicolette s'est retrouvée dans les cuisines.

Eh bien à ce moment-là de l'histoire, il est temps de vous dire que Nicolette était une petite fille dégourdie. Une petite fille qui n'avait pas les deux pieds dans le même sabot. Et en quelques semaines, elle est devenue **la meilleure cuisinière de tout le royaume.** Parfaitement. Et comme de plus elle était jolie, gentille, gracieuse... tout le monde l'adorait.

Et voilà qu'un jour, à la table royale, le fils du roi a dit :

– Ah ! vous mon père et vous ma mère, je ne sais pas ce qu'en pensent vos Majestés, mais pour moi, je n'ai jamais rien mangé de si bon que ce qu'on nous sert aujourd'hui.

Le roi a goûté.

– Il est vrai que ce plat est délicieux, il a dit.

– Eh bien, si vous le permettez, a dit le fils du roi, **moi, dès demain, je me rendrai dans les cuisines pour faire mes compliments au chef cuisinier.**

– Non seulement je te le permets, a dit le roi, **mais à tes compliments, je te prierai d'ajouter les miens.**

Bon. Le lendemain, le fils du roi s'est présenté dans les cuisines et il a demandé à parler au chef cuisinier. Alors là, les serviteurs du garde-manger royal ont dit :

– Ecoutez, votre Altesse, autant vous le dire tout de suite : depuis quelque temps, ce n'est plus un chef cuisinier que nous avons,
c'est une chef cuisinière.
Et c'est elle.

Et les serviteurs du garde-manger royal ont présenté Nicolette au fils du roi. Eh bien vous savez le fils du roi, du jour où il a vu Nicolette, **il s'est beaucoup intéressé à la cuisine.** Ah oui ! Il est revenu le lendemain, le surlendemain, les jours suivants... et même on a vu, certains jours, **le fils du roi en personne éplucher les légumes.** C'est pour vous dire !...

Et puis les jours, les semaines, les mois, les années ont passé, Nicolette a grandi, et comme le fils du roi était tout le temps près d'elle, les autres cuisinières, elles sont devenues **jalouses.** Et elles ont dit comme ça que Nicolette avait prétendu qu'elle était capable d'aller chercher, dans son château là-bas, **le trésor du sorcier Paturon.**

C'était pas vrai, mais vous savez, les fausses nouvelles, c'est comme les vraies, ça circule. Celle-ci s'est répandue par toute la ville, elle est passée par les fenêtres du palais et elle est parvenue jusqu'aux oreilles du roi. Et le roi a dit :

– Gardes, allez me chercher Nicolette, je voudrais lui parler.

Les gardes sont allés chercher Nicolette, ils l'ont amenée devant le roi et le roi a dit :

– Dis donc Nicolette, qu'est-ce que c'est que cette histoire ? On m'a dit que tu avais dit que tu étais capable d'aller prendre dans son château le trésor du sorcier Paturon ? C'est vrai, ça ?

– Mais non Majesté, **c'est même pas vrai,** j'ai jamais dit une chose pareille...

– Ah ! écoute, il a bien fallu que tu la dises puisqu'on me l'a répétée ! Aussi je t'ordonne de quitter sur l'heure ce palais, cette ville, et je te défends d'y revenir tant que tu n'auras pas trouvé le trésor.

– Mais Majesté, je…

– Il n'y a pas de « mais je », **c'est un ordre.**

Bon. Nicolette est sortie du palais,
elle est sortie de la ville et elle a vu, là,
devant elle, les prés, les champs,
les arbres, les bois... à perte de vue. Alors
elle s'est mise en route, elle est partie :
marche aujourd'hui marche demain
à force de marcher
on fait beaucoup de chemin...

Tout en marchant comme ça elle est
passée près d'un pommier
marche aujourd'hui marche demain,
elle est passée près d'un pêcher
marche aujourd'hui marche demain,
mais elle ne s'est pas arrêtée...

Toute la journée comme ça elle a marché. Et comme le soir tombait, elle est arrivée au pied d'un poirier. Nicolette est montée sur le poirier, s'est installée le mieux qu'elle a pu sur une grosse branche et puis elle s'est endormie.

Et le lendemain matin, quand elle s'est réveillée, elle a vu, là, sur l'herbe du pré, au pied du poirier, une petite grand-mère. Une petite grand-mère qui avait une bonne tête, qui la regardait comme ça, et qui lui a dit :

– Eh bien, qu'est-ce que tu fais là-haut, toi ma jolie ?

Vite Nicolette est descendue du poirier et elle a tout raconté à la petite grand-mère : qu'elle s'appelait Nicolette, qu'elle s'était endormie dans son lit et réveillée dans le placard et sous les poires, que les serviteurs du garde-manger royal l'avaient trouvée là, qu'elle était allée travailler dans les cuisines, qu'elle était devenue une bonne cuisinière, que le fils du roi était devenu son copain, que le roi lui avait demandé si c'était vrai qu'elle avait dit qu'elle était capable d'aller chercher dans son château le trésor du sorcier Paturon, qu'elle avait jamais dit ça, que le roi l'avait quand même chassée de la ville, lui avait défendu de revenir tant qu'elle n'aurait pas trouvé le trésor, qu'elle avait marché toute la journée d'hier, qu'elle avait passé la nuit sur le poirier

et voilà l'affaire !

– Eh bien ! en effet, a dit la petite grand-mère, là, Nicolette, te voilà embarquée dans une drôle d'histoire ! Comment faire ? Attends, **je vais te donner quelque chose. Quelque chose que tu vas emporter,** parce que ça pourra te servir.

Et la petite grand-mère a donné à Nicolette **trois gerbes de blé, trois pains d'une livre et trois livres de beurre dans un grand pot.** Puis elle a dit :

– Allez Nicolette, prends tout ça sous tes bras comme tu pourras et marche toujours par là.

Et la petite grand-mère a montré à Nicolette la direction du nord.

Bon. Nicolette a pris tout ça sous ses bras comme elle a pu, elle a remercié la petite grand-mère et la voilà partie. Elle a marché, *marche aujourd'hui marche demain, à force de marcher on fait beaucoup de chemin*, jusqu'à ce qu'elle arrive près d'un four.

Un four comme on en voit encore à la campagne, c'est-à-dire une petite maison avec une porte arrondie par laquelle on enfilait, sur de longues pelles en bois, la pâte à pain pour la faire cuire. Et près de ce four, il y avait trois servantes **qui s'arrachaient les cheveux à pleines mains** comme ça, CHRRAC ! **et qui balayaient le four avec.**

Quand Nicolette a vu ça, elle a couru vers les trois servantes et elle a crié :

– Mesdames, mesdames, arrêtez, je vous en prie !

Vous n'allez pas balayer le four avec vos cheveux, quand même ! Tenez, vous feriez mieux de le balayer avec ça.

Elle a donné à chaque servante **une gerbe de blé.** Chaque servante a pris sa gerbe de blé, sans dire un mot, s'en est servie comme d'un balai, et Nicolette a pu continuer son chemin.

Elle a marché, elle a marché,
marche aujourd'hui marche demain,
quand tout à coup, elle a vu surgir, droit devant elle au bout du champ, **trois chiens.** Trois grands chiens noirs avec des yeux rouges, **qui couraient vers elle, qui montraient les crocs et qui grondaient.**

Vite, Nicolette a jeté à chacun **un pain d'une livre,** les chiens se sont jetés sur les pains pour les dévorer et Nicolette a pu continuer son chemin.

Elle a marché, elle a marché,
marche aujourd'hui marche demain,
jusqu'à ce qu'elle arrive devant l'entrée
d'un petit pont.

Nicolette s'est avancée sur le petit pont, comme elle était au milieu, elle a penché la tête pour voir la rivière qui coulait dessous et là, elle a vu que l'eau de la rivière était **toute rouge.**

La rivière passée, Nicolette est entrée dans un bois profond. Elle a marché, *marche aujourd'hui marche demain,* et voilà qu'elle s'est trouvée au pied d'un château. Un château avec de très hauts murs de pierre. Un château tout hérissé de tours au toit pointu.

Nicolette a fait le tour du château et s'est arrêtée devant le portail. **Un lourd portail de fer.** Tout rouillé.

Nicolette a posé par terre ce qui lui restait sous le bras, elle a pris en main la poignée du portail et elle a tiré. Mais le portail n'a pas bougé. Alors elle a pris la poignée à deux mains, **et de toutes ses forces elle a tiré, elle a tiré...**

Le portail a fait « AAAH !... » mais il s'est ouvert seulement de deux centimètres ! Et Nicolette, bon d'accord, elle était mince, mais quand même ! deux centimètres, ça ne suffisait pas pour qu'elle puisse entrer.

Comment faire ?

Alors elle a réfléchi, elle a cherché dans sa tête... et en cherchant dans sa tête **elle a trouvé une idée.** Elle a plongé ses doigts dans le pot de beurre et avec le beurre, elle a enduit, elle a tartiné bien soigneusement les gonds et la serrure du portail. Après quoi elle a essuyé ses mains dans l'herbe, elle a posé un doigt sur la poignée du portail, et le portail s'est ouvert sans effort et sans faire aucun bruit.

Nicolette est entrée dans la cour du château. C'était une cour toute ronde avec des pavés. Au milieu de la cour il y avait une tour. Toute ronde. Nicolette a poussé la porte, elle est entrée dans une pièce, toute ronde, au milieu de la pièce il y avait une table, toute ronde, et sur la table, une boîte, rectangulaire. Il n'y aurait pas eu des clous dorés sur le couvercle, on aurait dit un peu une boîte à couture, voyez ?

Bon. Nicolette a pris la boîte à couture, l'a mise sous son bras, est sortie de la tour, a retraversé dans l'autre sens la cour du château... mais quand elle a voulu sortir du château, **elle a vu que le portail s'était refermé.** Et voilà que la boîte à couture s'est mise à parler :

– Portail, lourd portail, ne t'ouvre pas. Cette petite fille emporte le trésor de notre maître. Quand il rentrera, il la trouvera et il la tuera.

Mais le portail a répondu :

– Nan, nan, nan. Cette petite fille, je la reconnais. Il y a des siècles et des siècles qu'on n'avait pas graissé mes gonds et ma serrure, cette petite fille l'a fait, eh bien moi, je la laisserai passer.

Et le portail s'est ouvert tout seul. Nicolette, sa boîte à couture sous le bras, est sortie du château, BLAM ! le portail s'est refermé, mais elle s'en fichait, **elle était sortie.**

Alors elle est repartie vers la ville,
elle a repassé le petit pont, elle a marché,
elle a marché, *marche aujourd'hui
marche demain*, jusqu'à ce qu'elle arrive
près des chiens, les trois grands chiens,
là, qui se sont dressés sur leurs pattes
à son approche, **et qui se sont mis à
gronder.**

Et voilà que la boîte à couture s'est remise à parler :

– Chiens noirs, grands chiens noirs, écoutez-moi : cette petite fille emporte le trésor de notre maître. Sautez sur elle, mordez-la et mangez-la.

Mais les chiens noirs ont répondu :

– Nan, nan, nan. Cette petite fille, nous la reconnaissons. Il y a des semaines et des semaines que nous n'avions pas mangé, elle nous a donné à chacun un pain d'une livre, eh bien nous, nous la laisserons passer.

Les trois chiens se sont couchés, et Nicolette a pu continuer son chemin.

Elle a marché, elle a marché, *marche aujourd'hui marche demain*, jusqu'à ce qu'elle repasse près du four où étaient toujours les trois servantes. Et voilà que la boîte à couture – elle était bavarde, celle-là ! – s'est encore mise à parler, et elle a dit :

– Servantes qui balayez le four, écoutez-moi : cette petite fille emporte le trésor de notre maître. Saisissez-vous d'elle, jetez-la dans le four et brûlez-la.

Mais les servantes ont répondu :

– **Nan, nan, nan. Cette petite fille, nous la reconnaissons. Elle a permis que nous conservions nos cheveux** – enfin, ce qu'il en reste ! – **en nous donnant à chacune une gerbe de blé pour balayer le four, eh bien nous, nous la laisserons passer.**

Les trois servantes se sont écartées, et Nicolette a pu continuer son chemin, *marche aujourd'hui marche demain*... Mais quand même, hein ! si vous avez bien suivi l'histoire depuis le début, vous avez compris que Nicolette avait beaucoup marché. Ben oui. Et comme elle avait beaucoup marché, elle était très fatiguée. **Si fatiguée qu'elle n'a pas pu faire un pas de plus.** Alors elle s'est assise dans l'herbe, elle a posé la boîte à couture sur ses genoux **et elle l'a regardée...**

Bon. Comme je vous l'ai dit, Nicolette était une petite fille dégourdie, elle n'avait pas les deux pieds dans le même sabot, elle était jolie, gentille, gracieuse... oui, oui, tout ça je l'ai dit, je le maintiens. Ce qui est dit est dit. Mais voilà, toutes ces qualités mises à part, Nicolette avait aussi un petit défaut : **elle était curieuse.**

Et comme elle était curieuse, elle a voulu savoir ce qu'il y avait dans la boîte à couture. Elle a donc tiré le petit crochet, elle a levé le couvercle de la boîte à couture, **malheur !**
A peine avait-elle levé le couvercle de la boîte à couture qu'**une poule d'or et ses poussins d'or** se sont échappés de la boîte, et en un clin d'œil, tout le monde avait disparu entre les herbes, sous les feuilles et sous les branches.

Eh bien vous pouvez croire que Nicolette était contrariée !...

Elle s'est levée, elle a fait deux pas à droite, trois pas à gauche, elle s'est mise à parler aux arbres et elle a dit :

– Oh la la ! qu'est-ce que j'ai fait, moi ? J'étais sortie de la ville, j'étais passée près du four, j'étais passée près des chiens, j'avais passé le petit pont, j'étais entrée dans le château, j'étais ressortie du château, j'avais repassé le petit pont, j'étais repassée près des chiens, j'étais repassée près du four, j'étais presque arrivée, et voilà qu'il me prend d'aller regarder ce qu'il y avait dans cette boîte.

Non vraiment ! il faut bien s'appeler Nicolette pour faire un truc pareil !... Enfin, ça ne sert à rien de se lamenter, je vais essayer de rattraper un ou deux poussins d'or, la poule ! Ça, si je pouvais rattraper la poule, ce serait bien.

Et Nicolette est repartie vers le château en regardant bien partout entre les herbes, sous les feuilles et sous les branches... A un moment, tout en cherchant comme ça, elle est passée près d'un pommier, mais comme elle n'avait rien trouvé elle a continué, elle est passée près d'un pêcher, mais comme elle n'avait rien trouvé elle a continué, puis elle est arrivée **près du poirier.**

Et là, près du poirier, elle a reconnu la petite grand-mère, qui avait en main une baguette d'osier, et qui tenait rassemblés devant elle, sur l'herbe du pré, **la poule et les poussins.**

Quand la petite grand-mère a vu arriver Nicolette, sa boîte à couture sous le bras, elle a dit :

– Ah ! Nicolette, tu es une petite curieuse, toi, hein ?...
Allez, pose ta boîte dans l'herbe.

Nicolette a posé la boîte.

– Lève le couvercle.

Nicolette a levé le couvercle.
Puis la petite grand-mère s'est tournée vers la poule et les poussins et elle a dit :

– Bon. Maintenant la volaille dorée, là, ça suffit. Fini la fugue ! Retournez dans votre maison !

Hop ! la poule et les poussins sont retournés dans la boîte à couture. Vite, Nicolette a baissé le couvercle, elle a poussé le petit crochet, elle a mis la boîte à couture sous son bras, elle a remercié la petite grand-mère, vous savez pourquoi, et cette fois, vous pouvez me croire, **elle a marché sans s'arrêter jusqu'à la ville.**

Elle est entrée dans la ville, elle est entrée dans la cour du palais, et là, dans la cour du palais, la première personne qu'elle a rencontrée, ce fut le fils du roi. Et le fils du roi a dit :

– Bonjour Nicolette, mais dis donc, qu'est-ce que tu tiens là ? Ce ne serait pas le trésor du sorcier Paturon ?

– Je crois bien que si, a dit Nicolette.

– Eh bien ! c'est papa qui va être content ! Certainement, il va te demander ce que tu voudras et le plus beau c'est que tu l'auras. Alors écoute bien : tu vas lui demander **le coffre à charbon qui est dans la cave.**

– Oh ! tu crois ? Après tout ce que j'ai fait...

– Oui, oui, demande-lui **le coffre à charbon qui est dans la cave.**

– Mais qu'est-ce que j'en ferai, moi ?

– T'inquiète, j'ai mon plan.
C'est promis ?

– ... Bon, ben c'est promis.

Le fils du roi s'est éloigné et Nicolette est entrée dans la plus grande, dans la plus belle salle du palais : **la salle du trône.** Eh bien croyez-moi, il y avait du beau monde ce jour-là dans la salle du trône.

D'abord, assis sur son trône, **il y avait le roi** ; assise sur son trône, **il y avait la reine** ; debout près d'eux, il y avait le Premier ministre et tous les autres jusqu'au dernier ministre, les maréchaux, les généraux, les sénéchaux qui avaient tous revêtu leurs plus beaux habits.

Nicolette, sa boîte à couture sous le bras, s'est avancée vers le roi et le roi a dit :

– Ah ! Nicolette, je vois que tu me rapportes **le trésor du sorcier Paturon,** c'est fort bien ! Notre Majesté est **très, très contente !** Aussi, demande-moi ce que tu voudras et tu l'auras.

Et Nicolette a dit :

– Eh bien Majesté, je voudrais bien... oh ! il est bête, lui, qu'est-ce qu'il me fait demander !...

– Oui ? Qu'est-ce que tu voudrais bien ?

– ... Je voudrais bien le coffre à charbon qui est dans la cave.

Pffft ! Tout le monde a rigolé dans la salle du trône.

– Elle est folle, celle-là ! Le roi lui demande ce qu'elle veut, elle demande un coffre à charbon. Moi, le roi m'aurait posé la question, j'aurais dit un carrosse, des chevaux, un château...

– **Silence !** a dit le roi, Nicolette a demandé le coffre à charbon qui est dans la cave, gardes ! Apportez-nous le coffre à charbon.

Les gardes sont allés à la cave, ils ont remonté le coffre à charbon et ils l'ont posé sur le dallage devant Nicolette. Mais à peine les gardes avaient-ils posé le coffre à charbon sur le dallage devant Nicolette qu'on a vu se lever le couvercle du coffre, et qu'on a vu sortir du coffre, tout noir, tout barbouillé, **le fils du roi.**

Alors là, tous les gens dans la salle du trône, ils ont dit :

– Aaah !... d'accord.

Et le roi, qui n'était pas plus bête que vous et moi, il a bien compris, le roi. Alors il a dit :

– Bien joué ! Je ne m'y attendais pas à celle-là !... Mais le roi n'a qu'une parole, et ce qui est promis est promis.

Et c'est comme ça que le dimanche d'après, tandis que sonnaient toutes les cloches de toutes les églises de la ville capitale du royaume, **Nicolette et le fils du roi se sont entre-épousés l'un l'autre.**

Ce fut une belle noce, paraît-il. Oui, je dis « paraît-il » parce que moi, je n'y étais pas. Mais un petit cousin d'une tante à la mode de Bretagne de mon arrière-grand-père maternel s'y trouvait, lui. C'est comme ça que mon grand-père maternel a appris l'histoire. A son tour il l'a dite à son fils qui l'a dite à sa fille qui se trouvait être ma mère à moi. C'est comme ça que je l'ai apprise pour la répéter, et maintenant, vous pourrez bien la conter vous-mêmes, parce que vous en savez autant que moi.

L'âne
et le quincaillier

Il était une fois un paysan qui avait un âne. Un beau grison qu'il avait montré dans les foires et qui lui avait fait gagner, en argent sonnant, quantité de prix et de concours. Aussi vous pouvez croire que l'âne était bien soigné : brossage, promenade, picotin premier choix, rien ne lui manquait.

Dire que le paysan était content de son âne, c'est peu dire. En vérité, il en était fier. **Très fier.** Si fier qu'il ne pouvait s'empêcher, pour la promenade, de lui faire traverser le bourg. Et le bonhomme de saluer les uns et les autres :

– Bonjour quincaillier ! Comment vont les affaires ?

– Ça va, ça va...

Mais à peine le paysan et son âne étaient-ils passés, le quincaillier disait entre ses dents :

– Quel m'as-tu-vu, celui-là !
S'il pouvait crever, son âne...

Ben oui. Comme l'âne avait rendu le paysan plus riche que le quincaillier, le quincaillier était jaloux. **Si jaloux qu'il n'en pouvait plus.**

Et voilà qu'un jour, comme il venait de voir passer le paysan et l'âne devant sa boutique, le quincaillier courut à l'écurie et là, au picotin premier choix de l'âne, il mélangea **une forte portion de trèfle.** Puis il revint chez lui **ni vu ni connu.**

Bon. A son retour de promenade, l'âne, qui était glouton, avala le tout sans broncher. Ben oui, mais le trèfle, tous les éleveurs, tous les vétérinaires vous le diront, quand les bêtes en mangent trop, **ça les rend malades.** Malades à crever, parfois.

Le lendemain matin, quand le paysan est allé voir son âne, sur le moment, il l'a pas reconnu. Ah non ! **Le ventre de l'âne avait tellement gonflé qu'il l'a pas reconnu !** Après, quand il l'a mieux regardé, il a dit :

– Sacrédié ! Mais qu'est-ce qui t'arrive, mon grison ? Tu ne vas pas crever, quand même ? D'abord, il te faut prendre l'air. Allez, viens par là...

Le paysan a ouvert la porte de l'écurie à deux battants, parce qu'un seul n'aurait pas suffi, et l'âne est sorti, tout ballonné, tout léger, sur la pointe des sabots.

Mais à peine était-il sorti qu'un brusque coup de vent l'a emporté dans le ciel...

Trois jours plus tard, l'âne arrivait sur la lune. Mais à peine était-il arrivé sur la lune qu'il vit se poser près de lui une fusée. Une belle fusée d'où sortit un astronaute qui tenait en main un drapeau américain.

– Ça alors !... Mais que viens-tu faire ici avec ton drapeau ?
a demandé l'âne.

– Eh bien, je suis la première créature vivante venue de la terre à marcher sur la lune, et je vais y planter le drapeau de mon pays.

– Mais moi aussi, je suis une créature vivante venue de la terre, a dit l'âne, **et j'étais là avant toi.**

– Chut !... Dis donc, je vois que tu as un gros ventre, tu ne serais pas un peu gourmand, toi ?

– Oh si ! a dit l'âne, je suis même glouton.

– Alors écoute : si tu promets de ne jamais dire que tu étais là avant moi, je te fais un cadeau qui se mange. D'accord ?

– D'accord, a dit l'âne, je tiendrai ma langue, c'est promis.

L'astronaute entra sans sa fusée et en ressortit presque aussitôt, portant une magnifique galette des rois. Il en fit deux parts, donna la plus grosse à l'âne, et tous deux se mirent à croquer et à mastiquer.

– **Ouille ! Mais qu'est-ce que c'est que ça ?** dit l'âne, montrant entre ses dents **un gros haricot brunâtre, il y a des os dans ta galette ! Tentative d'ânicide ?**

– **Mais non,** dit l'astronaute, **c'est la fève ! Tu es le roi !**

Il entra dans sa fusée et en ressortit presque aussitôt, portant une couronne de papier doré qu'il passa autour des oreilles de l'âne.

– Mais la fève, a dit l'âne, **est-ce que ça se mange ?**

– Bien sûr que ça se mange.

Et GLOP ! l'âne avala la fève. Mais, aussi vrai que le trèfle, ça fait gonfler le ventre, la fève, comme vous savez, ça le fait dégonfler.

Proum ! L'âne s'est mis à péter, son ventre à dégonfler... et comme son ventre se dégonflait, il est redescendu vers la terre. Et comme, en descendant, il continuait de péter, il est descendu de plus en plus vite, de plus en plus vite... Si bien qu'au bout de sa longue chute, il a traversé la toiture de la quincaillerie pour atterrir dans les piles de casseroles, de bassines et de chaudrons qui tombèrent les unes sur les autres **dans un vacarme épouvantable,** et réveillèrent en sursaut le quincaillier qui se dressa sur son lit.

– Qu'est-ce que c'est ce charivari ? C'est la fin du monde ou quoi ?

Il sauta de son lit et courut à la quincaillerie. **Mais quand il vit sa boutique à ciel ouvert et l'âne, la couronne de travers autour des oreilles, étalé dans ses casseroles, ses bassines et ses chaudrons,** il faillit s'étrangler.

– Mais… mais qu'est-ce que tu fais là, toi ? Et d'où viens-tu ?

– Moi ? **Ben je suis tombé de la lune,** répondit l'âne.

Eh bien, je vous le répète comme on me l'a dit : **le quincaillier n'a jamais voulu le croire !**

Et trotte trotte la souris
Mon histoire elle est finie.

La Chachatatutu
et le phénix

La chachatatutu est le plus petit des oiseaux qui vivent au Tibet. Le plus petit et le moins joli parce qu'elle a les plumes du cou tout ébouriffées... Et maintenant que tout le monde la connaît, l'histoire peut commencer.

Il y a de ça bien longtemps, une chachatatutu avait fait son nid dans une touffe d'herbe. Elle y avait pondu **trois œufs.** Mais elle ne pouvait pas rester tout le temps sur ses œufs, il fallait bien qu'elle aille chercher à manger.

Et voilà qu'un jour qu'elle était partie chercher à manger, en revenant près de son nid, elle a vu la queue du rat filer entre les herbes. Vite, elle a regardé dans son nid : **oh, malheur !**
Le rat lui avait cassé, lui avait mangé deux de ses œufs.

Alors la chachatatutu a pleuré, s'est arraché les plumes **puis la colère l'a prise** et elle a dit :

– Rat, tu es plus fort que moi, mais ça ne fait rien, tu vas me payer ça quand même !

Elle a pris sa volée et elle est allée
trouver sur son arbre, au bord du lac,
le phénix, c'est-à-dire le plus beau,
le plus grand, le plus noble, bref,
le Roi des oiseaux. Et elle a dit :

– Phénix, il m'arrive un malheur :
le rat a mangé deux de mes œufs,
deux de mes œufs sur trois. **Alors
je demande vengeance,** il faut
que tu le punisses avant qu'il
mange le troisième.

Le phénix l'a regardée.

– Ecoute Chachatatutu, je trouve que tu me déranges pour bien peu de chose...

– Comment ? Deux de mes petits tués dans l'œuf, le troisième en grand danger et tu trouves que c'est peu de chose ?

– Je trouve, oui, et je te rappelle que c'est à la mère de protéger ses petits.

Alors la chachatatutu a dit :

– Bon, je vais m'arranger pour protéger mon petit, mais je retiens que toi, le Roi des oiseaux, tu refuses de me rendre justice, et je te dis qu'***une petite chose mal réglée peut avoir de graves conséquences*****.**

Là-dessus, elle a pris sa volée, revenue près de son nid, elle a ramassé une brindille pointue qui traînait par terre en guise de flèche, elle s'est perchée sur un buisson **et elle a attendu...**

Elle n'a pas attendu longtemps : elle a bientôt aperçu le rat qui se faufilait vers son nid. Alors de toutes ses petites forces, la chachatatutu a brandi sa flèche et PCHIIT ! elle l'a lancée vers le rat. La flèche est venue se planter **dans l'œil du rat.**

Alors le rat s'est mis à couiner, il a couru partout et il a plongé dans le premier refuge qu'il a pu trouver. Et c'était **la narine gauche d'un tigre** qui dormait au bord du lac. Quand le rat lui est entré dans le nez, le tigre a sursauté et PLOUF ! il a plongé dans le lac.

Mais dans l'eau du lac, tout près du bord, là, il y avait **un dragon** qui se laissait flotter, les ailes en croix, tranquille... Alors quand le tigre a plongé, le dragon a donné un grand coup d'ailes et il s'est élevé dans le ciel où il a fait un tour complet. Oui, mais voilà qu'en faisant son tour complet, avec sa longue queue de dragon, il est venu frapper, sur la branche de l'arbre au bord du lac, le nid du phénix, **et il a cassé tout net l'œuf qui s'y trouvait.**

Le phénix est allé vers le dragon.

– Mais qu'est-ce qui te prend, toi, de venir casser mon œuf, à moi qui ne t'ai rien fait ? Il est fou celui-là !

– Ben, je te demande pardon, a dit le dragon, mais ce n'est pas ma faute.

– Pas ta faute ? Tu crois que je ne t'ai pas vu ? **Ne sais-tu pas que les phénix ne peuvent avoir qu'un œuf par an ? Et qu'un seul petit dans leur vie ?** Je commence à me faire vieux, moi, et je n'en ai pas eu encore.

– Ecoute, a dit le dragon, tu vas comprendre : je me laissais flotter, tranquille, sur l'eau du lac et voilà qu'un tigre a plongé vers moi. J'ai cru qu'il voulait m'attaquer, je me suis dégagé, moi. C'est comme ça que j'ai cassé ton œuf. **Mais c'est la faute au tigre,** va donc lui demander ce qui lui a pris.

Le phénix est allé trouver le tigre.

– Ben oui, a dit le tigre, le dragon n'a pas menti, mais tu vas comprendre : je dormais au bord du lac... et voilà qu'un rat m'est entré dans le nez. Ça m'a réveillé en sursaut, j'ai cru qu'on m'attaquait, moi, alors j'ai plongé. **Mais c'est la faute au rat,** va donc lui demander ce qui lui a pris.

Le phénix est allé trouver le rat.

– Ben oui, a dit le rat, **le tigre n'a pas menti, mais tu vas comprendre : je trottinais, là, dans l'herbe, comme n'importe quel rat du Tibet...**

Et voilà que la chachatatutu m'a lancé une flèche dans l'œil ! Ben ça m'a fait mal, j'ai couru partout, j'ai plongé dans le premier refuge que j'ai pu trouver et c'était la narine du tigre. **Mais c'est la faute à la chachatatutu,** va donc lui demander ce qui lui a pris.

Alors le phénix est allé trouver la chachatatutu qui lui a dit :

– Ecoute Phénix, je trouve que tu me déranges pour bien peu de chose. Tu as perdu ton œuf, c'est malheureux, **mais moi j'en ai perdu deux.** Et puis, qu'est-ce que tu m'as dit quand je suis venue te demander justice ? *C'est à la mère de protéger ses petits*. Voilà ce que tu m'as dit. Eh bien, c'est ce que j'ai fait.

J'ai agi selon tes paroles et tu n'as rien à me reprocher.

Le phénix est resté là un moment, bec serré, puis à lourds battements d'ailes, il est reparti vers son nid.

Ce qui prouve bien
qu'une petite chose mal réglée
peut avoir de graves conséquences.

Le taël d'argent

Autrefois, il y a de ça bien longtemps, vivait en Chine une petite grand-mère. Elle habitait toute seule dans une maisonnette au pied de la montagne. Elle était très pauvre et, comme elle était très pauvre, elle n'avait pas beaucoup à manger.

Mais voilà qu'un matin, par chance, en balayant devant sa porte, elle a trouvé par terre **une petite pièce d'argent.** Une petite pièce d'argent qu'on appelle en Chine un taël. **Un taël d'argent.**

Alors elle est entrée dans sa maison et elle a dit :

– Ah ! mon petit taël, je suis bien contente de t'avoir trouvé ! Je vais te mettre dans un endroit où tu seras bien rangé... et où je pourrai te retrouver, parce que moi, maintenant, avec ma pauvre tête...

Elle a regardé autour d'elle. Contre un mur elle avait une planche, et sur cette planche un pot en terre où elle mettait son riz d'habitude. Elle a descendu le pot de terre – oh ! il restait juste quelques grains de riz dans le fond – elle y a déposé son taël d'argent et puis elle a continué son travail.

Avant midi, elle a descendu son pot de terre pour prendre les quelques grains de riz qui restaient dans le fond et là, elle a vu qu'il était à moitié, **qu'il était à demi rempli de riz.**

– Tiens, tiens ! qu'elle a dit, **j'aurais bien cru que ce matin, y avait presque plus rien.**

Elle a pris une poignée de riz, elle l'a fait cuire et elle l'a mangé.

Le soir, elle a repris son pot de terre et elle a vu **qu'il était encore à demi rempli de riz.** Du coup elle en a pris une grosse poignée, bien bombée comme ça, et elle l'a fait cuire. Mais elle en avait pris trop : elle a pas pu manger tout ça. Elle en a mangé la moitié puis elle est allée se coucher.

Et le lendemain matin, avant même de manger ce qui lui restait de la veille, elle a descendu son pot de terre, et elle a vu qu'**il était toujours à demi rempli de riz.** Alors là, elle a quand même compris – faut dire qu'elle était vieille, hein ! – que le taël d'argent était **magique**, et qu'en le laissant dans son pot de terre, elle aurait toujours du riz.

Eh bien, quand elle a compris ça, elle était contente ! Si contente qu'elle a ouvert tout grand la porte, la fenêtre, et qu'elle s'est mise à chanter :

Depuis que j'ai mis un taël d'argent
Dans mon pot de riz
Quand j'y prends du riz il reste pourtant
A demi rempli.
Je remercie cent fois le ciel
Qui m'a fait trouver ce taël.

Mais le tigre de la montagne qui passait par là a entendu la chanson, il est venu trouver la petite grand-mère et il a dit :

– Le taël d'argent dont tu parles dans ta chanson, il m'intéresse beaucoup, donne-le moi.

– Comment ? Que je te donne mon taël d'argent ? Jamais ! J'en ai trop besoin.

Le tigre a avancé d'un pas,
la grand-mère a reculé d'un pas,
il a passé sa tête dans l'ouverture
de la porte, il a jeté un coup d'œil en
rond dans la maison et il a dit :

– Bon. Puisque c'est comme ça, je reviendrai cette nuit, je te tuerai, je te mangerai et le taël d'argent, c'est moi qui l'aurai.

Et il est parti.

La petite grand-mère est restée là un moment, puis elle est allée chercher sa faucille, sa pierre à aiguiser, et elle s'est mise à aiguiser la faucille.

– **Tsin' ! tsin' !** faisait la pierre à aiguiser.

– **Affûte, affûte,** répondait la faucille.

Alors les petits pois qui étaient sur la table ont demandé :

– **Grand-mère, petite grand-mère, qu'est-ce qui te prend d'affûter ta faucille ? Ce n'est pas la saison de faucher.**

– Oui, je sais, a dit la petite grand-mère, **mais le tigre de la montagne, il a dit qu'il viendrait cette nuit pour me tuer, me manger, et voler mon taël d'argent. Oui mais moi, si je peux, avec ma faucille, FUIIT ! je couperai sa tête avant.**

– Eh bien tu peux compter que nous t'aiderons, ont dit les petits pois.

Ils ont sauté de la table et ils se sont regroupés par terre, devant la porte.

– Tsin' ! tsin' ! faisait la pierre à aiguiser.

– Affûte, affûte, répondait la faucille.

Alors l'œuf de poule qui était dans une assiette, sur la table lui aussi, a demandé :

– Grand-mère, petite grand-mère, qu'est-ce qui te prend d'affûter ta faucille ? Ce n'est pas la saison de faucher.

– Oui, je sais, mais comme je le disais aux petits pois, le tigre de la montagne, il a dit qu'il viendrait cette nuit pour me tuer, me manger, et voler mon taël d'argent. Oui mais moi, si je peux, avec ma faucille, FUIIT ! je couperai sa tête avant.

– Eh bien tu peux compter que je t'aiderai, a dit l'œuf de poule.

Et il est allé s'asseoir dans les cendres, tout près du feu.

– Tsin' ! tsin' ! faisait la pierre à aiguiser.

– Affûte, affûte, répondait la faucille.

Et cette fois, ce fut le petit crabe qui demanda :

– Grand-mère, petite grand-mère, qu'est-ce qui te prend d'affûter ta faucille ? Ce n'est pas la saison de faucher.

– Oui, je sais, mais comme je le disais aux petits pois et à l'œuf de poule, le tigre de la montagne, il a dit qu'il viendrait cette nuit pour me tuer, me manger, et voler mon taël d'argent. Oui mais moi, si je peux, avec ma faucille, FUIIT ! je couperai sa tête avant.

– Eh bien tu peux compter que je t'aiderai, a dit le petit crabe.

Et il est allé s'accroupir dans la jarre où la grand-mère mettait son eau.

– **Tsin' ! tsin' !** faisait la pierre à aiguiser.

– **Affûte, affûte,** répondait la faucille.

Et cette fois, ce fut le gros bâton qui demanda :

– Grand-mère, petite grand-mère, qu'est-ce qui te prend d'affûter ta faucille ? Ce n'est pas la saison de faucher.

– Oui, je sais, mais comme je le disais aux petits pois, à l'œuf de poule et au petit crabe, le tigre de la montagne, tu sais pas ce qu'il a dit ? Il a dit qu'il viendrait cette nuit pour me tuer, me manger, et voler mon taël d'argent. Oui mais moi, si je peux, avec ma faucille, FUIIT !
je couperai sa tête avant.

– Eh bien tu peux compter que je t'aiderai, a dit le gros bâton.

Et il est allé s'allonger au bord du lit.

– **Tsin' ! tsin' !** faisait la pierre à aiguiser.

– **Affûte, affûte,** répondait la faucille.

Et cette fois, ce fut la petite grenouille qui demanda :

– **Grand-mère, petite grand-mère, qu'est-ce qui te prend d'affûter ta faucille ? Ce n'est pas la saison de faucher.**

– Oui, je sais, mais comme je le disais aux petits pois, à l'œuf de poule, au petit crabe et au gros bâton, le tigre de la montagne, il a dit qu'il viendrait cette nuit pour me tuer, me manger, et voler mon taël d'argent. Oui mais moi, si je peux, avec ma faucille, FUIIT ! je couperai sa tête avant.

– Eh bien tu peux compter que je t'aiderai, a dit la petite grenouille.

Et elle est allée se placer au chevet du lit.

– Tsin’ ! tsin’ ! faisait la pierre à aiguiser.

– **Affûte, affûte,** répondait la faucille.

Et cette fois, ce fut le rouet qui demanda :

– **Grand-mère, petite grand-mère, qu’est-ce qui te prend d’affûter ta faucille ? Ce n’est pas la saison de faucher.**

– Oui, je sais, mais comme je le disais aux petits pois, à l'œuf de poule, au petit crabe, au gros bâton et à la grenouille, le tigre de la montagne, il a dit qu'il viendrait cette nuit pour me tuer, me manger et voler mon taël d'argent. Oui mais moi, si je peux, avec ma faucille, FUIIT ! je couperai sa tête avant.

– Eh bien tu peux compter que je t'aiderai, a dit le rouet.

Et il est allé se mettre dans un coin de la pièce.

– Tsin' ! tsin' ! faisait la pierre à aiguiser.

– Affûte, affûte, répondait la faucille.

Et cette fois, ce fut le gros marteau qui demanda :

– Grand-mère, petite grand-mère, qu'est-ce qui te prend d'affûter ta faucille ? Ce n'est pas la saison de faucher.

– Oui, je sais, mais comme je le disais aux petits pois, à l'œuf de poule, au petit crabe, au gros bâton, à la grenouille et au rouet, le tigre de la montagne, il a dit qu'il viendrait cette nuit pour me tuer, me manger, et voler mon taël d'argent. Oui mais moi, si je peux, avec ma faucille, FUIIT ! je couperai sa tête avant.

– Eh bien tu peux compter que je t'aiderai, a dit le gros marteau.

Et il est allé se percher sur le cadre, sur le chambranle de la porte.

La nuit venue, la faucille était bien affûtée et la grand-mère était couchée. **Mais elle ne dormait que d'un œil.** Vers minuit, comme promis, le tigre est arrivé et, d'un seul coup de tête, il a ouvert tout grand la porte.

Et puis il est entré dans la maison...

Seulement voilà : à peine était-il entré dans la maison que **les petits pois se sont mis à rouler sous ses grosses pattes** qui sont parties chacune de leur côté, et PANG ! il s'est cogné durement le menton contre le sol. Un gros mot lui a échappé.

– Mais on n'y voit rien là-dedans ! il a dit.

Il est allé vers le feu pour souffler sur les braises et faire un peu de lumière, mais **l'œuf de poule,** POF ! **lui a éclaté à la gueule** et le tigre a eu de la cendre plein les yeux. Il est allé, pour se débarbouiller, vers la jarre où la grand-mère mettait son eau, mais **le petit crabe,** HIN ! **lui a pincé cruellement la patte.**

– Ouyouyouille ! a dit le tigre.

Il a bondi vers le lit pour manger la grand-mère, mais **le gros bâton est entré dans la danse** et le tigre a senti une grêle de coups qui s'abattaient sur son échine et sur ses flancs. Et voilà que la grenouille s'est mise à coasser :

– Coa, coa, plus fort que ça !
Coa, coa, plus fort que ça !...

Et le rouet à ronronner :

– Ronron, nous le tenons !
Ronron, nous le tenons !...

Alors abasourdi, meurtri, battu, rompu, le tigre a voulu quitter les lieux, mais au retour comme à l'aller, **il a roulé sur les petits pois** et il est allé donner de la tête dans le chambranle de la porte d'où le gros marteau lui est tombé sur le crâne. **BAN** ! Allongé, le tigre.

Alors la petite grand-mère s'est levée, elle a pris sa faucille, elle est venue près du tigre, d'une main elle lui a levé la tête par l'oreille et de l'autre, FUIIT ! elle lui a coupé la tête.

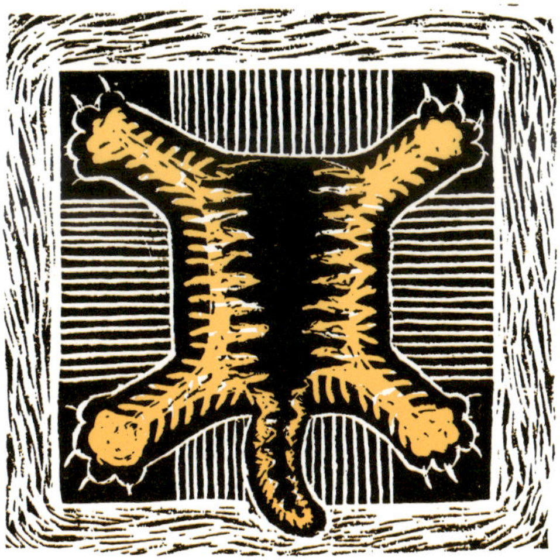

C'est comme ça que, grâce aux petits animaux et aux objets de la maison, la grand-mère a pu se débarrasser du tigre, conserver son taël d'argent qui lui donnait du riz et, grâce à ce riz, vivre encore plusieurs années à l'abri du besoin. Mais on prétend que, pendant ces années-là, si quelqu'un passait devant la maisonnette de la grand-mère et qu'il collait son oreille à la porte,

il pouvait entendre, derrière la porte,
la grand-mère qui chantait :

Depuis que j'ai mis un taël d'argent
Dans mon pot de riz
Quand j'y prends du riz il reste pourtant
A demi rempli.
Je remercie cent fois le ciel
Qui m'a fait trouver ce taël.

Provenances

“Les quatre bonshommes”: cette histoire ne vient pas d’un livre puisqu’elle est vécue. Mais si d’aventure d’autres conteurs vous disaient l’avoir vécue, ne les croyez pas, ce sont des menteurs.

“Nicolette et le trésor du sorcier Paturon” : d’après un conte populaire du Piémont. Italo Calvino en a donné une version dans ses contes populaires italiens sous le titre “La petite fille vendue avec les poires ” (éditions Denoël, 1980).

“L’âne et le quincaillier” : histoire composée par l’auteur en 1984, avec le concours des enfants d’une classe de CE2 de l’école Wilson, de Dôle (Jura), à l’occasion d’une animation-création sur le thème du carnaval.

“La Chachatatutu et le phénix” : d’après une fable tibétaine. Figure sous le même titre dans “Le Duel du buffle et du tigre” (éditions de Pékin, 1958).

“Le taël d’argent” : d’après un conte han (Chine). Même recueil que ci-dessus où il figure sous le titre “La mort du tigre”.

Table des matières

Achevé d'imprimer sur les presses de l'imprimerie Lienhart,
Aubenas d'Ardèche.
Photogravure de la couverture : Antonimage

Dépôt légal : 1er trimestre 1994
N° d'éditeur : 1114
ISBN : 2 86739 006.0